Max va a la pêche avec son père

———

*Avec la collaboration
de Renaud de Saint Mars*

Série dirigée par Dominique de Saint Mars

© Calligram 2003
Tous droits réservés pour tous pays
Imprimé en Italie
ISBN : 978-2-88480-040-2

Ainsi va la vie

Max va à la pêche avec son père

DOMINIQUE DE SAINT MARS

Serge Bloch

* Corps-mort : bouée en mer, reliée à une ancre fixe, sur laquelle on s'amarre.

T'as pas dû remonter assez vite, le poisson s'est transformé en algues !
Ça arrive aux meilleurs pêcheurs. C'est frustrant mais il faut faire avec !

Je vais me rattraper à la pêche au lancer. On va à l'île, papa ?
D'accord, d'ailleurs tu es un peu blanc, Barbara aussi, et moi, je sens le mal de mer qui rôde...

Si on essayait là, pour commencer...
On se met de chaque côté de la crique, ils ne peuvent pas nous échapper !

C'est beau... Je voudrais habiter là, on pêcherait tout le temps !
Moi aussi, j'aime être ici !

* La cuiller et le rapala sont des leurres, des faux poissons avec des hameçons pour attirer et tromper le poisson.

*Le lisier est le mélange du pipi et des crottes de cochons.

Et toi...
Est-ce qu'il t'est arrivé la même histoire qu'à Max ?

Si tu trouves que tu as un super papa...

Est-ce qu'il est disponible pour jouer ? faire les devoirs ? parler de tes problèmes ? ou faire des choses avec toi ?

Est-ce qu'il te dit ce qu'il faut faire et ne pas faire ? Le respectes-tu quand il te dit « non » ? Te sens-tu protégé par lui ?

Te met-il en valeur ? Accepte-t-il tes remarques ? de reconnaître qu'il ne sait pas, qu'il s'est trompé, de s'excuser ?

SI TU TROUVES QUE TU AS UN SUPER PAPA...

Aimes-tu rire avec lui ? avoir peur avec lui ? qu'il te montre ce qu'il aime ? qu'il te parle de sa jeunesse ?

Trouves-tu qu'il est content de la vie ? qu'il a assez ou trop d'amis ? de travail ? As-tu envie de lui ressembler ?

S'il est souvent absent, sais-tu qu'il pense à toi ? Est-ce que tes parents s'entendent bien ? Sont-ils très différents ?

SI TU TROUVES QUE ÇA POURRAIT ÊTRE MIEUX, CÔTÉ PAPA...

Est-il trop sévère ? trop critique ? Te gronde-il parce qu'il est énervé ? Il ne fait rien avec toi ?

Te fait-il peur ? Tu ne le vois jamais content ? Tu penses que c'est de ta faute ?

Il te laisse tout faire et après il se fâche ? Il ne te fait pas confiance ? Il te compare à ton frère ou ta sœur ?

SI TU TROUVES QUE ÇA POURRAIT ÊTRE MIEUX, CÔTÉ PAPA...

Tes parents sont séparés ? Tu le vois souvent ? ou peu ?
On t'a dit du mal de lui ? Voudrais-tu habiter avec lui ?

Tu ne le vois jamais ? Tu n'as plus ton père ? En as-tu honte
ou se moque-t-on de toi à cause de ça ? Il te manque ?

As-tu quelqu'un qui le remplace ? un oncle ? un grand-père ?
un parrain ? un beau-père ? un psy ? un père dans un livre ?

**Après avoir réfléchi
à ces questions
sur les papas
tu peux en parler
avec tes parents ou tes amis.**